詩集

野薔薇忌

伊藤伸太朗

影書房

野薔薇忌　目次

野薔薇忌

I

誘われて

暑い午後、
少年は瓢箪の形そっくりの大きな池で
泳ぎ疲れて水から上がり
田んぼの脇の
自然湧水を飲もうとした。

悠然とそびえる山脈からの伏流水は
暑熱と静寂の中で輝きながら
ごぼごぼと湧き出ている。
盛りあがって溢れる水を

見つめていると
いのちそのものに感じられた。

生の根源である水に惹かれ、
湧き上がる無味無臭の冷水を
腹一杯飲み
単調な　それでいて
聴き飽きない静かな音に
意識を傾けた。

陽炎の中にじっと立ち尽くしていたが
ふと水に誘われて池に飛び込み、
魚に変身したように自在に沈むと
やがて水と一体化し
いつまでも泳ぎ続けていた。

水たまり

土砂降りの夕立が過ぎると
狭い農道いっぱいに
水たまりが広がっていた。
学校から帰る少年は立ち止まり
向こう側へ渡るには
どうすればいいのかと迷った。

農道から下りて
田んぼへ入ろうかと思った。
だが繁る稲穂には水滴がいっぱい輝き

歩けばびしょ濡れになるだろう。

少年は水たまりをじっと見ていた。
低い空を走る黒雲と
射し始めた太陽を映すそれは
村外れの底無し沼みたいに無気味だ。

凝視していると
水たまりは限りなく深くなるようだ。
引きずり込まれそうになって
思わず後じさった。

少年は動けなかった。
出来たての水たまりを踏んで渡るなど
考えもしなかった。

映る空がこんなにも深く揺らめき
こんなにも広く見え
こんなにも心を惹き
こんなにも未知数だったとは！

無人世界の大空を
ただひとりで見つめているような
新鮮な感動が湧くのだ。
夕暮れて暗くなるまで
立ち尽くしていようと決めた。

山椒魚

山脈の麓には
小川に沿って伏流水が湧き
ワサビがたくさん植えられていた。
冬には湯気の立つ水がこんこんと溢れ
夏には冷たい水が流れていた。
丸みを帯びた白や茶色の小石が
ワサビの葉の緑と溶け合って
子供心にもその美しさがわかった。

夏休みになると

アブラハヤを釣った。
小川には冷たい水がごーごーと流れ
姿の見えない魚を追うスリルがあった。
釣りに飽きると
ケヤキや松の大樹が聳《そび》えるあぜ道に座り
ヒグラシの啼き声に心をあずけた。

少し上流のワサビ畑をふと眺めて
『茶色い小石が動いてる……!?』と驚いた。
冷たい湧き水がさらさらと流れ
ワサビの葉が茂るそこには
確かに何か動くものがあった。
よく見れば幾つも幾つも……。

セミの啼き声は遠ざかり

茶色い小石をじっと見つめた。
『あれは目や！　尻尾や！　山椒魚や！』
あぜ道から立ち上がり
裸足になってワサビ畑へ近付いた。
冷たい水が気持ちよく
だが余りの冷たさに足がしびれた。

小石の下にゆっくりもぐって隠れたり
尻尾を振りながら素早く這っていく……。
夏の湧き水は鮮烈に冷たく
ワサビの緑色の葉と真っ黒い地下茎が
幾千幾万も育っていた。

牛の目は濡れて輝く

五月になると
田植えの季節がやって来て
和牛がせっせと働き
水田を整える。

思い出すのは裸足の感触だ。
生ぬるい濁り水と
泥を踏む両足の解放感　それに
脛や膝小僧の裏側の
軟らかい筋肉に

しっかり食らい付いて
図々しく血を吸っている
《あいつ》だ。

痛いような痒《かゆ》いような感覚を覚えて
田植えの手を止め
手足を調べる。
思わず悲鳴を上げて
夢中ではたき落とすと
吸った血で
五センチ程に膨らんだ毒虫が
不気味な黒い光沢で
にゅらにゅらと
田んぼの水と泥の中へ
沈んでいく。

田植えを早く済ませたいのだが
まだまだ終わりはしない。
足も腕も
田んぼの泥水に突っ込みたくないが
どうしようもないのさ。
血を吸われるか
それとも必死で叩きつぶすか
おいらは蛭《ひる》と競争して
勝つしかない。

『たとえ子供の手伝いでも
いい加減に植えることは
ぜったい出来ないから
真剣になって

田植えするしかないんだ。
だから蛭に対しても
真剣になるのさ！』

こんなことを考えながら
苗を植えていく。
いつの間にか蛭なんか
怖くなくなってるのが不思議だ。
すると奇妙なことに
《あいつ》も
おいらの足や手を
吸わなくなっている。

ははーん　わかったぞ！
蛭が懸命に

おいらの後を追ってるが
無心に植えれば
仏様が護ってくださる！

山脈の麓がすっかり暗くなり
どの農家も
牛車を引かせて帰って行く。
月の光を浴びて
清冽に流れる川で牛を洗い
まぐさと水を与える。
モウモウッと鳴く牛の目は
濡れて輝く。

婆ちゃんが
まんじゅうをこさえて待っている。

うどん粉で小豆餡を包み
蒸かしただけの
《田植えまんじゅう》は
赤く腫れた蛭の吸い痕を
なぜながら食べると
なんだかとてもうまかった。

伊吹颪

「十円おくれ！」
宿題を終えた小学二年の少年は
コタツから出ると元気良く言った。
和服の賃仕事をしている母親は
「お金がないんだよ……」と呟く。

「五円でいい」彼はもう一度頼んだ。
針刺しに針を留めた母親は
「よっこらしょ……」と立ち上がり
亡夫の仏壇の抽出から蝦蟇口《がまぐち》を出して

五枚の一円札を手渡す。

『森永キャラメルは高くて買えへん。
　春日井製菓の
　サッカリン・トッピーにしよう』
少年は竹藪の小道を歩きながら思う。

川沿いの村道は伊吹颪《いぶきおろし》が激しく唸り
水面に鋭いしわを走らせていた。
『二個一円やから十個買えるぞ……』
握り締めた五枚を見たくなった彼は
汗ばんだ掌をポケットから抜く。

そのとき颪の風がゴオーッと吠えた。
あっと言う間もなく五枚とも飛ばされ

少年は何も考えることができず
枯葉のように舞う一円札を見つめた。

すぐ我にかえり
村道を転がっていく二枚を追った。
あと三枚は川に落ちてしまったのか?!
水底に沈んでしまえばもう駄目だ。
必死に探したがどこにもなかった。

興奮した少年は
よろず屋にいた同級生に話した。
黙って聞いていた店番のお婆さんが
「じゃあ、ひとつおまけしようかね」
と言って慰めてくれた。
とても嬉しかったので思わず

「おおきに！」と大声で叫んだ。
五個の飴玉をなめずに帰った。
しわが走る川面に向き合うと
無念さと悲しみが心にあふれたが
『大好きなサッカリン・トッピーを
　母ちゃんと一緒に味わえばいい！』
とようやく思いなおした。

小刀肥後守

隣町から引っ越してきた小学二年の少年は
大きな屋根付き門をくぐって立ち止まる。
高台に聳える広壮な屋敷と反対側の、
物置を改造した間借り小屋が少年の《家》だ。

父親が戦病死したのは一九四九年十月、
少年が一歳半の時だったから顔も覚えていない。
菊花の紋章の上に《遺族の家》と印された
陶製の小さな円盤が、
小屋の細い柱に釘で打ちつけてあった。

家主の畑は栗の木や棕櫚《しゅろ》が何本も植えられ、
小屋の周りには融け残りの雪が凍っていたが
そこでもここでも水仙が早くも蕾をつけ
微かな芳香が匂い始めていた。

少年は澄んだ冷気と甘い香りを胸一杯に吸い
炬燵《こたつ》で宿題でもしようと歩きだした時、
顔を仰向けた男の後ろ姿に気付いた。

根雪が凍る太い柿の木に隠れて見ていると、
家主の山根某が含みある笑い声で言う。
『舌で舐《な》めるとじき取れる言うがなあ……』
縁台に立ち上方から男の顔を覗き込む母親は

ついぞ耳にしたこともない大袈裟な声で笑い小さく尖らせた手拭いの先端を舌で湿らせ、『もう少しで取れますに……』と応える。

男の目のゴミを取っているのだとわかったが、少年は何かそれ以上のものを二人に感じて身動きができなかった。

そして数日後、
明確な殺意を抱いて山根某を待っていた——。
伊吹颪がビュービューと唸っていた。
湿って黴臭い藁塚に隠れていると、
小便がしたくなったので前ボタンを外した。
田螺《たにし》のひからびた灰色の殻を狙ったが、
風に飛ばされて小便は大きく流れた。

高ぶる気持ちを抑えるため、
ポケットに手を突っ込み《肥後守》を握り締めた。
使い慣れて手になじんだ小刀は、
掌の中でじっとりと重く熱い。

だが待ち受ける山根某は遂に姿を見せず、
少年は寒さで震えながら
表情も失せた顔をうつむけて帰ったのだ。

母親と男を柿の木の陰から窺いながら、
少年が感じた説明のつかない憎しみ……。
あのとき少年が山根某を刺していたら
母と子の村での生活は
がらりと色彩を変えていただろう。

あの憎しみは男・山根某に対してではなく、
母親に向けられていたに違いない。
見捨てられたような寂しさと、
家主への嫉妬とともに……。

凍る残雪と病葉《わくらば》の下から
凛然と萌え出る水仙だけが
少年の嫉妬と寂しさを糺《ただ》して撃つ。

II

レンゲの花

春休みの早朝、
小学五年のおいらはそっと出掛ける。
ゆうべ母ちゃんが握ってくれた梅干入りは
新聞紙に包まれて玄関に置いてあり、
見たとたんに酸っぱい唾が湧く。

五本の延竿をかかえて
曲がりくねった輪中堤を自転車で走る。
やがて田んぼの中に幾つもの池が見え、
心を弾ませて坂を下る。

どこまでも続く休耕田にはレンゲが植わり
ヒバリが停空飛翔してさえずり始める。

朝もやが残る広い池の岸辺にしゃがむ。
沈んだ廃船を遠巻きにして仕掛けを投げ、
竿を並べ終えてホッと息つくひまもなく
ウキが浮かび上がってそのまま倒れた。

静かに竿を握り、
いつでも上げられるように身構えた時、
ウキは斜めに沈んで移動を始めた。
『魚の口に針が刺さったんだ！』
ぐいっと竿を上げると
ものすごい重みで弓なりになった。

魚の動きに合わせて慎重に竿を傾ける。
力を振り絞って深みへ潜る魚の
必死な顔が見えるようだ。
『大丈夫だ　針が外れさえしなければ！』
そう願いながら少しずつ竿を上げ、
置いてあるタモ網に手を伸ばす。

すると張っていた糸がふわっと軽くなる。
『針を外して逃げたのか……⁉』
だが魚はついに水面近くへ浮上した。
ギロリとした目玉が水底を見据え、
最後の力を振り絞り深場へ潜ろうとするが
その一瞬を逃さずタモ網ですくい上げた。

三十センチ以上に思える鮒を両手で抱え、

池から離れた田んぼへ運ぶ。
寒鮒は苦しげに息を吸い、
時々バタッバタッと跳ねるだけ……。
獲物を魚籠《びく》の網に入れて池に沈めた。

網の紐を草に結ぼうとして視線を下げると
レンゲの花が微風に揺れていた。
思わず片手を伸ばして茎を折り、
紅と紫に染まった花を見つめると
心が不思議に落ち着いた。

釣り針に新しいミミズを刺し、
今度は廃船の近くに投げ入れた。
『でっかい寒鮒を釣り上げてやるぞ！』
並ぶウキに向かって無言で叫ぶ。

秘密

農家に生まれた少年は十歳の頃、
庭の片隅の物置小屋でよく遊んだ。
枇杷《びわ》や栴檀《せんだん》の木が繁り、
槙垣《まきがき》のすぐ向こうには清冽な小川が流れていた。
裏側の狭い土地にはごろた石がたくさん転がり、
大きな石も積まれていたから〈蛇の巣〉と呼ばれ、
誰も近寄ろうとはしなかった。

小屋には季節ごとの農具や肥料、
それに醤油や味噌が樽ごとしまってあった。

電灯はなかったので遊ぶときは蠟燭《ろうそく》をともした。
土間にムシロを敷いて寝そべり、
漫画を読んだり昼寝をした。

小屋のあちこちを鼠が走り回り、
ふと気がつくと黒く輝く丸い目が
少年をじっと見つめていることもあった。
土間の小石を拾って投げると素早く消えた。
だが醬油樽のそばに仕掛けられたネズミ捕りには
鼠が時々捕まった。

太い針金造りのネズミ捕り器の中を必死に動き回り、
恐怖のためか目が赤黒く濡れていた。
母親に言われた少年はそいつを小川に沈め、
懸命にもがいて沈んでいくのを見つめた。

ひたひたと流れる小川の物憂い響きが
鼠の泣き声に聞こえた。

早春の或る日、
青大将が鼠を呑んだ。
冬眠から覚めたばかりの蛇は痩せていて
ネズミ捕り器の針金の隙間から
らくらくと襲いかかったのだ。
だが獲物を呑み込むと腹がふくれて
出られなくなってしまった。

尻尾と頭部を金網から差し出して周囲を睨み
鼠を呑んで丸々と太った腹部を
ネズミ捕りに押し込んだままにしている蛇は
滑稽かつ不気味だ。

家中の者が小屋に集まって
超然として目を光らせる青大将を眺めた。

《殺セ！》と父親が命じた。
少年は棒杭にネズミ捕りを引っかけ
こわごわと小川に運んだ。
青大将は首をぐるぐる回して激しく怒り、
二叉に割れた細い舌を炎のように
チラッ、チラッと延ばしていた。

少年は雪解け水で薄濁りする小川に
ネズミ捕りを沈めようとしたが、
水の上に首を延ばしてなかなか沈まない蛇の目に
射すくめられてしまった。
《殺スナラ殺セ、オ前ノスベテヲ知ッテイル……》

青大将は少年を睨みながら静かにささやく。

少年が生きてきた十年間の様々な出来事を
青大将はすべて覚えていた！
小川の魚やザリガニを無数に殺したこと。
ネズミ捕りにかかった鼠を何匹も殺したこと。
カエルや蛇を何匹も殺したこと。
親や友達や教師に吐いたウソ。
村の少女に感じる淡い恋心の歓びと苦しみ……。

《殺シテシマエ！》
少年は咄嗟に決めた。
《俺ノ秘密ヲ知ッテイルノハコイツダケダ……！》
ネズミ捕りを小川の深いところに沈めた。
青大将は少年の目を見つめ、

黒く細い舌をチラッチラッと差し出しながら
静かに川底へ消えていった。

あの鋭く深い目がいつまでも記憶に残った。
少年は死んだ蛇をネズミ捕りから引き出し
ごわごわに固くなった長い躰を
栴檀の木の下の草むらに延ばしてみた。
目を閉ざして土色になった死骸に金蠅がたかる。
何故ともなく悲しく、
泣きながら青大将を流した。

小川は大河に流れ込み、
やがて無限の海に続く。
骨になった蛇は茫洋とした波にさらわれ、
大自然に還っていくだろう。

《蛇ハ俺ノコトヲ忘レテクレルニ違イナイ》
《父親ガ何ト言オウト、モウ川ニ沈メタリハシナイ！》
十歳の少年は、
そんな事を思いながら生きていた。

野焼き

仲良しの周ちゃんと鮒釣りに行ったのは
一九六〇年早春の日曜日だった。
その日は無風でしんしんと底冷えがし
今にも雪が降りそうな曇り空だった。

背後にそびえる山脈から
雪解け水が奔流となって下っていた。
その響きを聴きながら
堤防下の大きな池に釣竿を並べた。

茶褐色の水に浮かぶ赤いウキは微動だにせず
それでも周ちゃんは黙って粘り続けた。
釣る気の失せた僕は
川のほとりの藁塚にもたれて足を投げ出し
咲き始めたオオイヌノフグリの青と白の小花や
薄濁りのする急流を眺めていた。

周ちゃんは在日朝鮮人で
両親とも土方仕事をしていた。
《父ちゃんは去年血を吐いて寝ているが
　九月になれば母ちゃんも姉ちゃんも皆一緒に
　共和国へ渡れるんだ》と言って喜んでいた。
別れを思うと寂しさと悲しみが込み上げた。
台所にあったマッチを

ポケットに突っ込んで来たことを思い出し
堤防の枯草で焚火して
周ちゃんを暖めてやろうと思った。

だが枯草を燃すのはなぜともなく怖かった。
藁塚にもたれたまま川を眺め
無意識のうちに小石を拾って投げていた。
自分の存在が無になったように
わけもなく虚しさが湧き上がった。

その時周ちゃんが釣竿を上げて何か叫んだ。
弓なりの竿は大きな獲物を予想させた。
走って池に戻り
たも網で慎重に寒鮒をすくい上げた。
周ちゃんは三十センチもある鮒を両手でつかみ

目を輝かせて笑った。

《枯草を燃して焚火しよう！》と決めた。
田んぼの藁塚から藁束を抜いて並べ
枯れたヨモギや雑草をその上に乗せた。
夢中になって枯れススキを折り
マッチを擦って稲藁に点火すると
めらめらと音立てて燃え始めた。

堤防の枯れた野草の群れに火が移り
白煙と炎が次々に立ち昇る。
《野焼きだ！　凄いぞ！》と大声で呼んだ。
だが周ちゃんはウキを見詰めたまま
振り返ろうともしない。

野焼きが激しくなれば火が燃えさかる。
そうしたら釣りをやめて
一緒に消してくれるに違いない。
期待に油を注ぐように
炎と煙がどんどん広がっていく。
僕は周ちゃんといつまでも遊びたかった。

光の輪の中で

夕陽が沈むと梟《ふくろう》が
ボーボーボーと啼き始め、
立ちこめる霧の向こうに
本堂の大屋根の薄墨色の影が浮かんでいた。
鐘楼の脇を通って本堂の前に来ると
太い柱の陰から
《アノ世ノ子供》となった友人が
手招きをしていた。

ひらーり・ふらりと蝙蝠《こうもり》が飛んでいる。

脱いだズック靴を
片方ずつ尻ポケットに押し込み、
すり減った階段を上がった。
廻廊の板がぎしぎしと鳴り
《アノ世ノ子供》となった友人が
唇に指を当てて
しーっと囁いた。

手近の障子を開けて本堂に入った。
奥深い薄闇の底に敷き詰められた畳の
果てもなさに足がすくんだ。
奥の本堂を包む闇が
ひときわ濃く生々しいのは
そこに潜む仏像や蓮華座、
さまざまな形の仏具が幽かにまとう

金泥の輝きのために違いなかった。

香の匂いに咳き込まぬよう息を止めたまま
障子に沿って歩き、
本堂の隅に立て掛けられた段梯子を手探った。
《アノ世ノ子供》となった友に続いて
足掛かりを慎重に踏み、
天井裏へ這い上がった。

《アノ世ノ子供》となった友人の点す懐中電灯が
真っ黒い闇を稲妻型に裂いた。
光の黄色い条をさっと掠める翼の残像が
目の底に食いこみ、
乾いた羽音が其処此処に流れた。
光の輪の中で輝く丸い目……。

ネズミそっくりにむき出された歯……。
ビロードのように黒光る胴体……。

先端に捕虫網を括《くく》り付けた長い竹竿を
闇に差し延べ、
めちゃくちゃに掻き回した。
鋭い鳴き声と同時に
びくっ・びくっと強い震えが手許に伝わり、
思わず投げ出したくなるのをこらえて引き寄せる。
だが捕らえてはみたものの
懐中電灯の光を浴びた蝙蝠は
あまりにも気味が悪く、
捕虫網を放り出して本堂に逃げ戻った。

ズック靴をはいて霧の中へ去ろうとした。

《アノ世ノ子供》となった友人が
すぐ後ろで寂しそうに笑っている。
逃げる僕を引き留めもせず
《蝙蝠ヲ捕マエテ一緒ニ遊ボウヨ……》と
濃い霧に向かって
そっと誰かを呼び続ける。

虚ろな日

夏休みの或る日、
高校三年の私は遅い朝飯を独りで食べていた。
線路工夫の父は駅の宿舎に泊まっており、
母親は朝早くから
町の製材工場へ働きに出掛けていた。

私たちが暮らす山麓の
古い十軒長屋のすぐ傍には
隣村の墓地と焼き場が並んでいた。
どこかの家が火葬を始め、

やがて三昧場《さんまいば》で焼く死者の煙が立ち上り、
坊さんの読経が流れてきた。

こんな虚ろな日には、
どどっと落下する瀑布を眺めたかった。
山の中腹まで二時間ほど登り、
落差三十メートルの滝へ行こうと思った。

桑畑に挟まれた山道を登っていくと
夏草に覆われた脇道に
太い《首吊り松》がくねっており、
おとなの背丈の首あたりに
がっしりとした枝が延びていた。

苔が生えた松のうろこは

その枝だけがロープで磨いたように
じわりと輝き、
高校生の私でもふと死の真似をして
落ちている荒縄で首をくくりたくなるほど
力強く誘っていた。

遙かな昔は《サンカ一族》だったという、
ひっそりとした藁葺屋根が数軒あった。
地鶏が餌をついばみ、
陽に焼けたお婆さんが赤ん坊をおぶっている。
赤ちゃんについ笑いかけると
激しく泣きだした。

鎌鼬《かまいたち》がこわかった。
熊笹が密生した場所を通りかかると、

身をちぢめてそっと歩いた。
十軒長屋にもそいつにやられた人がいた——。
誰もいない山中で枯れ松葉を掻いていると
突然皮膚が裂けて血がほとばしり、
しかし痛覚はなかったというのだ。

やがて道なき獣道を進む。
ブナが茂っているので滝はいつも薄暗く、
滝壺には水飛沫《しぶき》が立ちこめていた。
私は次第に夢幻の境に引き込まれ、
輝く小さな虹を無心に眺めた。

滝壺のすぐ下まで行き、
天空からごごごーっ、と流れ落ちてきて
大岩にぶち当たって砕ける水を凝視する。

すると滝から離れても
飛沫と泡立つ水の幻視が視野の底で騒いだ。

どどーっ、どどっと唸る滝の音が
耳の底をいつまでも震わせ、
夢でも見ているような状態が
長屋に帰ってきてからも暫く続く。
隣村の火葬はとっくに終わり、
微かな匂いが漂っているだけだった——。

線路工夫

まだ高校生だった遙かな過去、
私は岐阜県の養老山麓を走る単線電車で
登下校していた。
ある夏の日の午後、
（確かあと数日で夏休みになる日だった）
二両連結の最後部に坐っていた私は
急停車する運転士の叫び声を確かに聞いた。

ガッガッガッガッと火花を散らし、
強烈な焦げた臭気と煙を立てながら

電車が急停止した。
人がたまに通るだけの山里の
樹木に覆われた狭い跨線橋から
男が飛び降りて轢《ひ》かれたのだ。

農村ばかりの田舎だったから、
昼間の乗客は少なかった。
皆シーンとして、
ただ竹藪や樹木が風に揺れていた。
セミの啼き声がうるさいほどだった。

青ざめた運転士が後部車輌へ走ってきた。
私のすぐ傍で、
切符切りの車掌と大声で話しながら
ドアを開けてレールに降りた。

乗客たちが恐る恐る後部ドアに来て
一人・二人と降り始め、私も降りた。

車掌が気が付いて振り向き、
車内に戻るようにと言ったが
男たちや私はレールの上を歩いた。
葬式の火葬場の
人肉を焼くあの匂いと
焦げ臭い油の匂いが充満していた。

跨線橋の近くへ行くと
轢《れき》死者の血痕・肉片が点々と飛び散っていた。
レールは赤黒く濡れ輝いていた。
切断された脚や腹部が道床に散り、
渇いて黒ずんだ血痕が

割栗石《わりぐりいし》にこびりついていた。
車掌はそれらを確認してから
走って電車に戻り近くの駅に電話した。

電車は動かなかった。
次の駅で降りる人はレールを歩いて行った。
私は下車駅がまだ遠かったので待っていた。
やがて幾人かの線路工夫が来て
轢死者の体を毛布に包み、
肉片・骨片・髪の毛を拾い集めて笊《ざる》に入れた。

地下足袋姿の工夫たちの中に父親もいた。
私は男たちの背中にそっと隠れて
なぜか他人のように思える父親の働く姿を
じっと見つめていた。

女や子供の乗客は窓から身を乗り出して
工夫たちの作業を黙って眺めていた。

やがて電車はガタンと大きく一揺れすると
「間もなく発車しまーす」と
車掌が大きな声で言った。
私も男たちも車輌に戻り、
レールを離れて電車に上がろうとした。

その時、私の前を行く中年の男が吐いた。
男は口を抑えながら指差していた。
見ると後部車輌の車輪や
ストップ装置の周囲に
赤黒い血痕や細かい肉片が
こびり付いていていた。

誰も言葉を交わさず車内に上がった。
酸っぱいような錆のような
濃厚な匂いの中を
単線電車はゆっくりと動き始めた。
私は黙って元の場所にきちんと坐り、
父親と工夫たちの姿をじっと見つめていた。
悲しくもないのになぜか涙がにじんだ。

ヘルメットを深くして
手拭いで頬被りをしていた父親が
私に気付くはずもなかった。
去っていく電車を見もせず、
仲間とともに線路や道床にしゃがんで
黙々と探し続けていた——。

Ⅲ

少女の声

電車は軒の低い下町の一画を走っていた。
上げ潮時のためか運河の水面は赤黒く膨張し
鈍重な波が橋脚をなめている。
濃厚な腐敗臭を含んだ風が
速度を緩めた電車の車内を吹き抜けていく。

駅前広場とは名ばかりの狭い汚れた空間には
雨上がりのしっとりした光が漂っている。
路地から走り出てくる自転車や
子供たちの姿が

薄赤い光の背景の中から黒く浮かび上がる。
私は最寄り駅のこの広場の雑踏が好きだ。
電車が到着するたびに
人々の塊りが広場に溢れる。
立ち止まり渦巻きながら散っていく。

『あれがオモニが働いてるパチンコ屋……』
『ふうん……』
突然背後に湧いた、
優しい泉のように澄んだ少女の声が
私の内部に届いた瞬間、
何か激しく熱い感情が貫いた。

広場全体に濃く漂っている運河の腐臭。

露天の板に並ぶ魚や貝や海藻の匂い……。
少女の声はこれらありふれた事物の
鈍重な汚れた掌に握りつぶされることなく、
発せられたままの澄んだ響きそのままで
私の疲れた肉体と意識を撃った。

白い民族服を着た二人の少女が、
幼い背を見せて歩いていく。
短い三つ編みを結った少女が
広場から引っ込んだパチンコ店を指差し、
連れの少女は
おかっぱ頭をそちらの方向に僅かに向けた。
黒い影絵の重なりに似た雑踏の中を
少女たちは白い民族服の裾を翻して

素早く歩いていく。
それは夢の中での情景のように私を惹く。
《少女たちの会話をもう一度……》
と言うよりもあの三つ編みの少女の
美しく澄んだ声を聴きたいと願いながら
私は揺れる髪と白い服を凝視して
雑踏を縫っていった。

短剣を捨てる

天皇ヒロヒトがまだ存命中の
一九八六（昭和六十一）年八月十五日、
ただ一度だけ敗戦記念日の
靖國神社へ行ったことがある。

二歳の時に
顔も知らずに戦病死した父親が
遺した海軍短剣を賽銭箱に突き刺し、
捨ててしまおうと思ったのだ。

参拝者たちの踏む砂利音が小止みなく湧き
日の丸を染め抜いた鉢巻き姿の男たちが
幟を立てて練り歩く側面と背後を、
警官隊が慌ただしく追う。

〈英霊にこたえる会〉の老人たちは
木蔭に机を並べひそひそ声で入会を誘う。
白鳩の群れが飛び交うたびに、
くきくきと聞こえる羽音が耳についた。

拝殿下の賽銭箱付近は
報道陣やＴＶカメラが並び、
参拝者たちは黙々と賽銭を投げていく。
人中で短剣を突き刺すなど不可能だ。

白い軍服と帽子の一団が旭日旗を掲げ、
ラッパを吹き鳴らした。
〈捧《ささ》げ銃《つつ》〉が繰り返されるたびに、
取り囲む人々からまばらな拍手が湧く。

高い廻廊に沿って歩き、
賽銭箱の脇に立つ。
拝殿の薄暗い内部を見ると、
神官に伴われた参拝者たちが座していた。

階段に立て掛けてある古びた木札の文字は
《御製》とあり、
《身はいかになるともいくさとどめけりただ
　たふれゆく民をおもひて》と続いていた。

拝殿を後にして
人影の少ない植込みを歩く。
短剣を突き刺して捨てる意志はすでに萎《な》え、
弛緩した空間に立つ自身が疎ましかった。

広い参道を進んで来る百名近い集団は、
母親に抱かれた幼児に至るまで
《天地一切一心正念経》と
背に赤く染め抜いた法被を纏《まと》っており、
白鉢巻には《施愛善隣会》の赤い文字……。

正午の時報——。
〈英霊にこたえる会〉の拡声器が鳴り響く。
近くで開催する戦没者追悼式の中継が始まり
人々は一斉に直立不動の姿勢で

黙禱した。

拡声器から流れるヒロヒトのくぐもった声が、
異様に静まり返った境内に
吸い込まれるように消える。
すると戒めを解かれた人々は
ぞろぞろと動き始める。

境内を出て千鳥が淵の遊歩道で休んだ。
桜の老樹の繁った枝葉が頭上低く差し交わし、
濃い蔭の続くそこは涼しい風が吹き渡る。
うねるような蟬しぐれ……。

柵に腰掛けて深い濠に向き合い、
石垣が水面に没する辺りに目を凝らすうち

短剣はここに捨てるという考えが
ふと湧いた。

顔も知らぬ父親が遺した海軍短剣は
水底の泥に埋もれてゆっくりと、
或いは急速に腐食し、
いずれは形をなくすだろう。

短剣を取り出す、
そして石くれでも放るつもりで
投げればよいのだ。
鞄に手を突っ込み鞘の部分を握り締め、
立ち上がりざま力まかせに投げた。

ぐるぐる回転しながら飛ぶ短剣が

水面に手繰り寄せられるように落ちていく。
小さく飛沫が立ち、
ずぼっと微かな音が届いた。

波紋はさざ波に融け合って
すぐに消えた。
これで父親の軛《くびき》を抜けたと、
かすかに思った。

ヤマメ釣り

釣針は岩の間をゆっくりと流れた。
糸が沈み夢中で竿を上げると
二十センチ以上もあるヤマメだ。
腹の斑点が美しい。
口から針をはずして川に戻すと
すぐに深いところへ泳ぎ去った。

餌を付け替えて針を流した。
しかし食わなかった。
木と草に覆われた岸辺と

ごうごうと流れる本流のあたりを眺めた。
何もしなかった。
ただ風の音を聞きながら流れを見ていた。
しばらくして夢から醒めたように
身震いをした。

もう一度流れに針を入れヤマメを狙ったが
何度流してもそれらしい動きはなかった。
岩場を離れて幅狭い傍流に近付き
岸の斜面に施された古い蛇籠《じゃかご》へ出た。

釣れそうな感じだ。
針にミミズを刺してそっと振り込むと
アタリはすぐに来た。

みごとなヤマメだ。

両手で包むようにして水に浸し
しばらく眺めてからそっと放した。
もうこれでよいという感情と
もう少し釣る意欲が混ざり合っていた。

何かが釣りの気持ちを邪魔しており
それが何であるのかよく解らなかった。
釣糸を流している時も
針にミミズを刺している時も
何かが頭を締め付けていた。

長い草や木がいたる所に生えており
とても歩きにくかった。

だがヤマメだけはよく掛かった。
仕掛けを流すたびに釣れたが
なぜか楽しくはなかった。
しかしやめることが出来なかった。

何本も木が繁って蛇籠を通ることが出来ず
あきらめて竿をしまった。
狭苦しいところへ追い込まれたような
場違いな感覚に見舞われて苦笑いをした。

『もう終わりだ……』
つぶやきながら蛇籠を登った。
ヤナギの木の綿毛がたくさん飛んでいた。
ゆっくりとたなびく柳絮《りゅうじょ》を
心がうつけたように眺めていた。

黒い仮面

大好きだったクズの葉を
なぜか嫌悪するようになってしまった。
時に寝入りばなに味わう無気味な現象も、
繁茂した葉と蔓に
由来しているのかもしれない。

それは夢うつつの脳裡に
ぼんやりとした像を引き寄せ、
眠りの薄膜を切り裂いて湧き上がる。
ある夜の始まりは

細い灰色の石畳の道だった。

ああ始まるという
あくまでも夢うつつに覚える怯えを
あざ笑うかのように石畳が流れ、
同時に感覚が足下に向かって
激しくなだれる。

寝たままジェットコースターに縛り付けられ
無限に深い竪穴に
猛烈な速さで吸い込まれていく。
そして不意に方向が転換し、
頭部に向かって逆流する。

下降と上昇がめまぐるしく繰り返され

恐怖で意識が真っ白になるその直前、
まさにジェットコースターが停止するように
ゆっくりとそれは終わる……。

こわばった全身を
うっすらとした痒みが覆っており、
特に手足には
鬱血感がはっきりと残っていた。

またある夜には、
果てもない墜落感に
無声の叫びを上げている私の顔の脇に、
大口を開けて笑う真っ黒い仮面が
ぴたりと寄り添っていた。

闇を煮詰めたように黒いそいつは
余りにも生々しく、
自分に取り憑いているのは
育ちすぎて無意識から溢れ出た憎悪であり、
あざ笑う黒い仮面は
クズの葉に覆われた心そのものだと思った。

クズの葉と熱風

夏草が生い茂る細い砂利道は
谷地の奥まで続いているのかもしれない。
二十メートルも行くと　道はすっかりクズの葉に覆われ
私は自転車を停めて歩き始めた。

両側の斜面の傾斜が険しくなるにつれて谷地は狭くなり
道ともいえぬ踏み跡に茂るクズの葉が
踏み出す足を　深く呑み込む。

クズの葉と蔓に足を取られたまま立っている私は

自分が一本の雑木か丈高い草に
変わってしまったかのように感じた。

汗が流れ　風が皮膚をなぶる。
陽を浴び　羽虫が触れるままにしていると
背中の方から土と化していくようだ。

微かにそれとわかる踏み跡は
両側の斜面が馬蹄型に合わさる辺りで自然に消え
柱も壁も朽ち果てた半壊の小屋が
クズの葉に埋もれていた。

*

ぼろぼろのトタン屋根だけが　なぜか傾きもせず

古血に似た錆を吹いて宙に浮かんでいる。
それは奇妙に生々しい印象を与えた。

屋根はあと半月もすれば
クズの葉の波の下に没するに違いない。
そしてクズは花が開き　谷地全体を覆い尽くす。

熱気と　どこからともなく
ひたひたと押し寄せる葉ずれの中で
自分の呼吸音だけが際立つ。
それは何か得体の知れないものの息の音のように
私を包む。

谷地と斜面　そして崩れた小屋……。
これらの全体を覆って

小止みもなく波立つ　いかにも生命力の強そうな葉の
丸い部厚な広がり……。

私は小屋を自分になぞらえようとして止めた。
自分を崩壊した小屋にたとえる以上
次に来る連想の内容は見え透いている。

＊

何か鋭敏な触手のようなものが
全身の皮膚のすぐ内側に
くすぐるようにも　撫でるようにも揺れ動いて
私をとらえどころのない落ち着きなさへ誘おうとする。

湿地を浸す水に似たもの……。

どこからともなく訪れて意識を蝕み
不安とも苛立ちともつかぬ
執拗なざわめきそのものに化そうとするもの……。
これらは一体何なのだろう？

胸の奥底一面にびっしりと繊毛が生えている。
それが前触れもなく一斉にそよぎ始めると
私は意識を殆ど何事にも
集中させることが出来なくなってしまう。

嵐を避ける山鳥のように姿勢を低くし
荒くなろうとする呼吸を抑えて
じっとうずくまっている以外
この内奥のざわめきから　自分を守る方法はない。

＊

クズに捉えられた両足に力を込めて立ち　目を閉じると
網膜の奥の赤黒い流れに向き合う。
流れが極彩色の油膜に似た斑紋から
薄い墨色へと収束するにつれて
皮膚の内側の触手の揺れもまた　ゆっくり消えていく。

私は目を開き
クズの葉の堆積のために
宙に押し上げられたかのように見える
赤錆びたトタン屋根に向かって　進んだ。

私は慎重に歩いた。
触手がいつ再び震え始めるか　皆目予想出来ないのだ。

屋根までの距離は　ほぼ三十メートルだろうか?
反応しやすい爆発物でも抱いたような緊張感に支配され
汗を滴らせ
クズの葉と蔓に難渋しつつ　小屋に近付いた。

*

狭い谷地は風の道になっているらしい。
時折　斜面に向かって吹き上がる風が
葉を一斉に揺らめかせ　すると
緑色に輝く無数の丸い光と葉裏の影が反転する。
斜面全体が　声のない嘲笑と哄笑にざわめくようだ。
おそらく山仕事のための作業場でもあったのだろう、
小屋は　四本の柱とトタン屋根だけの

極く簡単なものだ。
私は葉と蔓の隙間をくぐって中に入った。
古びた　人を無気力にさせる匂いが立ちこめていたが
静かで涼しかった。
蔓が這い込んでいる褐色の土間の中央に
小さな炉の跡があり
燃え残った木屑が散らばっている。

*

私は炉の前に立ち　黒く固まった灰を見る。
すぐ視線を上げて
四方を幕のように囲むクズの葉を見廻した。

小屋の空洞に向かって
無数の蔓が青白い先端を伸ばしている。
細毛に覆われ　それ自身の重みと生長のために
ひくひくと震える植物は
私を狙って進む意志を　秘めているようだ。

全身を葉と蔓に絡み取られ
為す術もなく横たわる姿を想像するのは
たやすいことだった。
想像の中で私自身が繁茂する植物であり
頭部といわず胸・腹のいたるところから
濡れた濃緑色の蔓と葉が生え出しているのだ。

季節とともに枯れ　また蘇り
意識も無意識もなく　はびこり続ける

獰猛な生命力を持ったクズ……。
私は恍惚として白昼夢にふけった。

*

不意に熱風が吹いた。
四囲のクズの幕が揺れ
私に向かって伸び続ける青白い触手の群れが
静かに震える。

私は鈍い　何かしら痺れるような恐怖に駆られた。
葉と蔓を掻き分けて小屋を出ると
光と熱気が　ぶわっと音を立てる具合に押し寄せた。
谷地から吹き上がる風の中で

クズの葉は群がり寄る無数の小動物の背のように
私ひとりを目掛けて　ぴらぴらと翻転していた。

斜面全体が鋭く逆立って見えるために
つい今し方　辿って来た道がどこだったのか
わからなくなっていた。
明るい灰緑色に波立つ斜面を見つめていると
閉じこめられた気分が昂じ
やがて粘りつくような怒りに変わる。

私は振り向き　赤錆びた屋根と
屋根に這い上がるクズを見た。
そうしながら自分が
何か強ばった針金細工の人形でもあるような
冷たい無感覚の中にいることを感じた。

*

ざらついた刺だらけの蔓の束を握り
力まかせに引いた。
一瞬　植物の青臭い匂いが立ちこめ
弾力ある手応えが腕と肩に走る。

なおも力をこめて引くと
際限もないずるずるした感じで
蔓がたぐり寄せられて来た。
二度三度と繰り返すうち　次第に夢中になり
屋根に絡まる蔓草を引っ張り続けた。
汗まみれになり　息を喘がせながらも

私は冷たい無感覚に支配されていた。
露わになった細い朽ちかけた柱を押し倒し
屋根が　埃と鉄粉を舞い上がらせて崩れ落ちた時
初めて疲れを覚えた。

風と陽を受けて単調に波打つクズの原を見下ろす――。
胸壁の内側を　うつろなざわめきが
静かに　執拗に掻きむしっていた。

Ⅳ

聖なる花

一輪を待ちわびる真冬が過ぎると
オオイヌノフグリは　他の草花にさきがけて
真っ先に花開く。

四枚の花弁の一枚が
舌を出したように細長く伸びていて
まるで笑っているようだ。
白と青紫の色調には深い神秘感があり
神性　仏性　宇宙性といったことすら　感じてしまう。

春が深まり　群生して咲くオオイヌノフグリは
陽差しを浴びて　輝き始める。
枯草の中に陽を受けて　ガラス片でもばらまいたように
鉱物質の光を放つ　直径五ミリほどの小花……。

その傍らを早足で歩きながら
ようやく冬を越したことを　実感する。
苦しさと希望めいた思いが　心に激しく交錯するせいか
オオイヌノフグリが　異次元のもののように
意味深く見えることがある。

思わず立ち止まって　花を凝視する。
だがオオイヌノフグリは
もはや視覚の対象を超えた《聖なる存在》だ。
白と硬質な青紫の　小さな花を見つめると

不思議に静謐《せいひつ》な思いが　私を捉える。

オオイヌノフグリを見つめることは
自分自身を見つめること……。
また自分自身を見つめることは
苦悩を見つめることだ。

苦悩は　手に入らないものへの欲望と結びついていた。
欲望が苦悩を生んでいたのだ。
オオイヌノフグリの存在が　そんな私の内面を
静かに映していた。

その花は静謐だったが
苦悩と欲望は　煮えたぎっていた。
煮えたぎる内面が花に映し出され　だからこそ私は

苦悩と欲望を　そこに咲いているかのように
じっと見つめることができた。

見つめることは　しかし苦痛だった。
そこに目に見える形で
さらけ出された自分自身の苦と欲は
実にちっぽけで
苦ともいえぬ苦であり　欲ともいえぬ欲だ。

明るい陽差しの中に咲く
ひとむれの　白と青の小さな花……。
私のちっぽけな苦しみと欲望を
かくまで激しく映し出すという不思議さが
オオイヌノフグリを　野の花以上のものにしていた。

真の青

堤防の枯草も
畑の土も
ネギもホウレンソウも
濃い霜が降りて
真っ白になっていた。

冬枯れた畑の中の
あぜ道を歩き
霜柱で盛り上がった土を踏んでいく。
五センチ程の氷の柱が

バリバリッと折れて
運動靴が沈む。

足を高く上げて
凍った土を踏みしめながら
霜柱がグシャグシャッと沈む感触を
秘かに楽しんでいた。

小道から
氷の張った田んぼに下りて
霜をかぶったあぜ道を凝視する。
『聖女ヴェロニカとイエス・キリストの
　真の顔。
　小さな花ヴェロニカは
　真の青……』

呟きながら
こごえた野草に目を近付ける。
すると畝《うね》には
ぎざぎざの葉と
数輪の小さな蕾があった！

どの葉も花も霜が降りて凍っている。
それが朝陽を受けて
ひっそりと輝いている。
ざらめ糖そっくりの霜がきらきら光り
つぼんだ青い花も
薄緑の葉も静かに眠る。

やがて太陽が高く昇り

霜は融けて露になる。
すると葉が濡れて
鮮明な緑色になってくる。

葉の裏側で眠っていた天道虫も目を覚まし
ゆっくり日向へ移動する。
小さな花は目覚めを迎えて花弁を開き
生き生きとほほえみ始める。

早春から咲くオオイヌノフグリの小花は
清らかな青紫と白のベールをまとう
聖女ヴェロニカのようだ！

鶏舎

ときどき散歩する桑畑の奥には
赤錆びた鉄骨を残すだけの
鶏舎がある。

かつて内部を満たしていた鶏たちの臭気を
かすかに漂わせているごつい鉄骨は
太々しい存在感をもって
私を圧迫し続ける。

容赦なく視線を切り削ぐ白っぽい荒地と

半壊の鉄骨が確実に近付く。
私は目を見開き
眼球に吹き付けてくる風の痛みに耐えて
しっかりと見詰める。

鶏舎のトタン屋根と鉄骨は
奥深い私の内部で
ベラベラと音たてて解体し
空中に舞い上がる。

舞い上がった鶏舎の残骸は
重い回転をもって
鋏に似たものを構成し
肉体を内部から切り刻む。

ぐしゃぐしゃになった私の肉片や骨片は
熱射と直射光線に輝きながら
くねくねと翻転する。

すると細部まで見え始めた半壊の
焼けただれたような鶏舎に向かって
羽ばたく鶏と化して飛ぶのだ。

私は幻想の鶏の群れに激しく惹かれる。
(鶏たちのぐっしょりと濡れた羽毛
鶏冠の鮮紅
瞠ったような丸い目の列
膨大な叫びと臭気……)
群れは太いゴム紐となって私を引く。

肉体はそれらの残像に向かって融け崩れ
露わになった私の骨格だけが
ぎくしゃくと歩いていく。

もはや失われた鶏たちの刹那の生命が
憤怒の群れとして
私に憑依したように……。

夕焼け散歩

静かな暑い夕刻だ。
坂を吹き上がる熱風に
全身を預けるようにゆっくり下り、
小さな動物墓地とポンプ小屋の横から
営農団地の中へ入って行った。

畑地斜面の丘に
ずらりと並ぶハウスの中には、
大人の背丈ほどに育ったキュウリが
びっしりと繋っている。

草に被われた明るい斜面が左の空を区切り、
反対側は一面のトマト畑になっている。

低い丘陵と見上げる送電塔、そして
ぎざぎざの積乱雲に縁取られた地平線は
熱の膜の彼方で透明に燃え、
足下から延びる坂道は
濃い逃げ水の底に揺れている。

斜面の中の
まだ若いススキと豚草が繁る小道を辿ると、
強い夕陽を浴びて
銀色に輝くススキの穂が幾重にも重なり、
押し寄せる波頭となって揺れる。
脳が痺れたような不思議な感覚が湧き、

生ぬるい水の中を漂う奇妙な気分が続く。

コウトク・シュウスイ（デンジロウ）
ニイミ・ウイチロウ
オクノミヤ・ケンシ
ナルイシ・ヘイシロウ
ウチヤマ・グドウ
ミヤシタ・タキチ
モリチカ・ウンペイ
オオイシ・セイノスケ
ニイムラ・タダオ
マツオ・ウイッタ
フルカワ・リキサク
そして　カンノ・スガ……。

大逆事件の死刑囚が
なぜか不気味に意識を這っていた。
一九一一（明治四十四）年一月二十四日に
絞首された幸徳秋水ら十一人と
二十五日の管野すが……。
その十二人が処刑された順に憤然と立ち、
菊花の紋章を踏み付けながら
輝く夕焼け空の彼方を横切って
虹のように消えていく。

営農団地の電線に
音符のように並んでいる鴉は、
ざっと数えただけでも六十羽を超えている。
その真下を通っても連中は
僅かに羽をばたつかせて

位置をずらすだけ……。
飛び立つ奴は一羽もいない。
今にも襲われるような不安が走った。

畑の所々に突っ立つ竹竿の先端には
鴉の死骸を荒縄でくくりつけてある。
それが雲間から差す太陽の光を浴びて
黒々と輝いていた。
絞首刑となって消えた過去の人々を想い、
夕陽を受けてぶらりと首を吊る
幾羽かの鴉を見つめた。

飛ぶ緋鯉

運河の流れは
太陽が昇るとともに
濃い墨色から暗緑色に変化していく……。

☆

青黒い真鯉の群れが
暗緑の水の底を悠然と進む。
深く沈みながら
不意に浮き上がって全力で泳ぐ。

先頭の鯉が沈んでゆく。
すると続く数尾もゆっくりと沈む。
数十メートル進むとぐるりと反転し
最後部を泳いでいた一尾が先頭を進む。

深く浅く水を切って鬱然と進む。
鱗の紋様も目玉もはっきりと見え
怒りとも悲しみともつかぬ
猛々しい目の列が続く。

☆

運河の流れは
朝陽が輝くとともに

暗緑色から淡い灰色に変化していく……。

☆

一尾の緋鯉が
群れから離れて泳いでいる。
深く深く沈むと急速に上昇し
真鯉に挑戦するかのように虚空を飛翔した。

しぶきが水面を激しく打ち
群れは速力を上げて遠ざかる。
緋鯉は深場に潜りただ一尾で毅然と泳ぐ。
両者は強く意識しあっているようだ。

群れをなす真鯉は反転し

緋鯉と向き合って上流へ進む。
ともに無意識に誘われたように
意味深く動く。

☆

運河の流れは
時とともに
淡い灰色から透明に変化していく……。

☆

真鯉の群れがまっすぐに進む。
一尾の緋鯉はゆっくりと泳ぐ。
荒々しい雲が流れ

不意に陽が翳る。

群れは水底深く沈んでゆく。
緋色の鯉は全力で泳ぎ浮き上がる。
両者は堂々と交錯し
深々と渦が巻く。

緋鯉は群れから離れる。
運河の岸辺を真っ直ぐに進み
自在に浮き上がりまた沈む。
孤独にして自由あふれる目が金色に輝く。

見かけた人

ある日あの人を見かけた。
東京・新宿の狭い呑み屋街で傘を差し
ゆっくり歩いていた。
向こうから来た男がどきっとして、
傘を差すのも忘れて震え声で喋りだした。
『先生の小説は全部読んでいます。
　この手が作品を書くのですね……?!』
あの人の傘を差す手を男は握りしめていた。
『君・君・君……濡れてるよ』
あの人はゆっくり言って

いつまでも手を握らせていた。
半白の長髪にずり落ちた眼鏡をかけ
平然と立っていた。
その昔、誰かがあの人のことを
《ノロマ・ヒドシ》と呼んでいた。

♪

ある日あの人を見かけた。
長崎県西彼杵《にしそのぎ》郡の崎戸島で海を眺めていた。
あの人は波音を聴きながら
朝鮮人を深く思っていた。
戦争中に強制連行され
海底炭坑で炭を掘らされた坑夫たち、そして
名もない無数の炭鉱労働者たち……。

閉山になってから彼らはどうなったのか？
考えるほど虚しくなった。
真っ白い野薔薇が芳香をばらまいて咲いている。
子供の頃から
《嘘つき光《み》っちゃん》と呼ばれたあの人は
鞄からバーボンを取り出して野薔薇にそそぎかけ、
何処か遠くを見つめながら
いつまでもウイスキーを飲んでいた。

♪

ある日あの人を見かけた。
背が高く、古武士を思わせるあの人は
東京・吉祥寺の裏町で杖を突き、
姿勢正しく飄然《ひょうぜん》と、

和服に下駄の姿で歩いていた。
時々立ち止まり、
天を見上げて《あっは・ぷふぃ》と笑っていた。
その昔、誰かがあの人に
《なにを・いうたか》と
ニックネームを付けていたが……。
なじみの古い小さな酒屋に入って、
大好きなハンガリー酒、
《トカイ・ワイン》を買っていた。

夕闇のガスタンク

夕暮れの人波に押されて倉庫街に来ていた。
古いレンガ塀に挟まれた暗い道に人影はなく
前方に並ぶ球形ガスタンクは
威圧するように空中高く浮かんでいる。

やがて球面に設置された細い梯子や
様々な太さのパイプがはっきり見え始め
立ち止まってタンクを眺めた。
三基の灰白い球体は夏の青黒い夕空と
すでに闇と化した地上とを結びつけているようだ。

不意に激しい衝動に駆られて走り
《立入禁止》の札が下がる太い鎖をまたぐと
梯子に足を掛けて一段目を昇り、
ついにタンクの円周を巡る細い足場にまで
辿り着いていた。
地面は黒い影に重なって見分けがつかず、
もはや一歩も動けない。

『なぜ俺はこんな所にいるのだろう？
早く降りなくては！
どうしよう、足が動かない！』
自分を叱りつけながら用心深く足場を探ると
膝頭が激しく揺れ始めた。

『膝が……笑ってる……笑っとるがな！
あっは、あっはっはっ、わっはっはーっ』
ガクガクとふるえる膝頭の感触を
《膝ガ笑ットルガナ》
と今は亡き母の言葉で表現した時、
鋭い笑い声が口の奥からほとばしった。

ようやく足先が地面に触れた瞬間、
タンクの支柱にもたれたまま崩れ落ち
『いくじなしめ！』
と嗚咽《おえつ》を噛み殺しながら自分をののしる。
このままうずくまっていると
自分が自分でなくなるような恐れを感じて
顔を膝の間に一層深くうずめた。

するとそんな恐怖感を乗り越えさせ、
励ますように何かが耳元でささやく。
『五十六歳ノ君ヨ、変ワッテシマエ。
自分ヲ、スッカリ、変エテシマエ！』

『変わってしまえ？　自分を変える？
でもなにを？　どうやって……？』
ぎくりと肩を震わせて顔を上げると
きれぎれの疑問が重く渦を巻く——。

風になびくささやき

ケヤキの大樹が内庭に聳え、
繁った葉がゆったりと揺れている。
車椅子に座った老母は
開け放った三階の窓から
何かをじっと見つめていた。

車椅子の後ろに立つ私は
母の顔をのぞく。
だが無表情そのままに身動きもせず、
ケヤキの鬱蒼とした枝葉や輝く空を

感情もなく眺めているようだ。
だがそのとき母は
幾千幾万もの雄竹を幻視していた！

（マダ若カッタ頃、
草深イ田舎ニ暮ラシテイタ。
屋敷ノ裏庭ニ丈高ク群レル雄竹ガ
日々ノ生活ヲ護ッテクレタ。）

（暑イ夏ハ竹藪ノ日陰ニ
サワサワト揺ラグ涼シイ風ガ
弱イ躰ヲ庇護シテクレタ。）

（寒イ冬ハ竹藪ニ陽ガ射スト
炬燵ノヨウニ温カク、

吹ク北風ヲ防イデクレタ……。）

もはや季節の変化もわからぬ老母は
なびくケヤキから雄大な竹藪を幻視し
崩壊した意識の最奥部で
かすかな幸福感を
味わっていたのかもしれない。

私は車椅子を押して窓ぎわを離れる。
広い食堂のテーブルでは老婆たちが
ヘルパーと風船遊びをしている。
『ひとーつ……ふたーつ……』
舞い上がった紙風船を
不思議そうに眺める母――。

エレベーターに乗って一階に降り、
内庭に聳えるケヤキの傍へ行く。
《母さん、意識を取り戻してくれ！》
私は無言のまま呼びかけながら
涼しげな木陰に車椅子を停める。

老母の無表情そのままの顔が、
うっすらと赤みがかっているようだ。
風に優しくなびく雄竹のささやきを
一緒に聴きたいと私は願った。

V

純白の羽毛

二本目の煙草に火を点けて水門を離れ、
風と光の中を歩いた。
用水路の拡張工事でもあるのか、
堤防下の掘り返された地面に
コンクリのU字溝が野積みされている。

川面を叩きつけるように走り抜けた突風が
岸辺の枯れたヨシをざわめかせ、
河川敷に駆け上がる。
そして小さな竜巻状に砂を巻いて

上空へと消えていく。

私は砂粒の混じる風を受けたまま、
波立つ鈍色《にびいろ》の川面を見ていた。
波間に点々とする黒い影は水鳥だ。
おそらくカルガモだろう、
一様に川上を向いている。

上下に揺れている丸く張った胸が
不意に割れたように毛羽立ち、
濃い茶色の羽の下の
純白の部分が目を射る。
何かしらぎくっとする生々しい感覚が、
背筋を流れた。

水面を激しく引っ掻いて風が走り、
水鳥の胸羽を裂く。
そこにほとばしるように、
羽毛の有無を言わさぬ白さが
一瞬きらめく。

それは私の胸と腹の中にある
ぼろ布でも詰め込まれたような
濁った無力感を一撃した。
すると思いなしか
胸の奥に澄んだものが流れ、
心がふっと軽くなるのを感じた。

ごっつい笑顔

深い悲しみとともに歩いていた……。
ふと空を見上げた。
雄大な積乱雲が渡り、
田んぼに影を落としていた。

雲は顔だ。
はっきり天に浮かんでいたのだ！
亡き友の顔が西空いっぱいに広がって、
じっと彼方を眺めていた。

知り合った頃の若い友の顔が
大きな入道雲となって、
のびのびと天にあった。
私はあぜ道に立ち止まり、
涙が吹き出た。

そうだ友はもう生きてはいない……。
だが消滅してはいないのだ。
天の何処かから、
霊魂となった友が
呼びかけているだろう。

その声を聴きたい！
私は祈った。
悲しみが僅かに消え、

天を見上げる。

私は田舎道をゆっくりと歩き、
天空の顔をじっと眺める。
入道雲ではない、
友のごっつい笑顔だ！

暗い河

今にも沈もうとする大きな太陽が
逆光線となって運河を金色に染めていた。
群れ舞っている数羽のユリカモメが
水面を擦って飛び、
光の泡立ちの中に消える。
そして不意に黄金の泡にまみれたように
光に染まって舞い上がった。

激しく沸騰しているかのように

乱反射する水面のきらめきを、
躰一面に浴びて男は突っ立っていた。

ゆるやかに舞い降りてきた一羽が
泡立つ光の奥にふっと消えた。
その飛翔の軌跡を凝視していた男の視線は
光の泡立ちに攪乱《かくらん》され、
すると激しい上昇の感覚が襲った。

急激な飛翔の感覚が男の肉体を押し上げ、
幅五十センチほどの岸壁の上で
金色の泡立ちにまぶされて飛ぶ、
ユリカモメに化す瞬時の幻覚に陥った。

視野が白光しうねった一瞬ののち、

反射的に見開かれた両目に、
岸壁をなめるようにのったりと
押し寄せてくる重油のような水面が
黒くかぶさる。

ユリカモメは飽くことなく飛翔を繰り返す。
男はその軌跡を辿ろうとして
きらめく水面に瞳を凝らしていた。

だが水面の泡立ちは急速に衰え始め、
ユリカモメの伸びやかな翼は
もはや美しく彩られることなく
虚しい黒い影となって水面を摺る。

前方に拡がりながら流れる黒い運河は

倉庫街の闇を区切る一層濃い闇の帯のように
まったく静かに流れている。

きつく寄せていた眉根を開いて眼を上げ、
暗い運河の上流から下流へと
首をめぐらした時、
丸い光の輪が徐々に輝きを増して
下手の闇の中を近付いてくるのが解った。

光は男の躰を黄色く染めるようだ。
闇を裂きながら
平たい楕円形の船体をした艀《はしけ》が
水面を強く波打たせて通り過ぎた。

艀は対岸の街灯を反射し、

黒光りする波の航跡を曳いて
上流の鉄橋をくぐり、
ついに視界からも消えていく。

心の奥底に流れている暗く深い河の
重い澱みを感じながら
男は艀の残していった航跡を追い続け、
青いビニールテントへ戻ろうともしない。

我が原郷

ひなたの坂道をゆっくりと下りたいのです。
山麓に広がる桑畑は豊かに芽吹き始め
やわらかな若葉に触れながら小道を歩くと
（お蚕さんと桑の葉こそが　最高！）と思うのです。

レンゲの花に埋まる田んぼの中の
いなか道を辿って町外れに近付きます。
有刺鉄線に囲まれた広大な敷地内に
幾棟かの木製運動具工場がありました。

フォークリフトで木材を運び
切断したり削ったりする響きが
終日聞こえているようです。

破れた鉄条網をくぐり抜け
塵芥捨て場を目指します。
スキー板やテニスラケットの破損品と
木の削り屑が大量に捨てられているのです。

そこには真鍮や銅板の小さな切れ端が
たくさん混ざっているので
仲の良い屑鉄屋に持っていってやろうかと思い
金属片を拾い集めて落ちていた布切れに包みます。

ほくほくしたおがくずを掘り起こしてみると

丸々と肥えた幼虫がごろりごろりと現れ
思わずびくっとします。
（これが　あの真っ黒で精悍な
　カブト虫になるとは！）
教材屋に売るために驚きながらバケツに集めます。

チカラシバが跳梁する広い敷地を横切り
深い川に掛けられた木橋を渡って山麓に向かうと
数日前の大雨で荒れた河川敷に
牛と馬の骨が幾つも捨てられていました。
頭蓋骨は不思議な誘引力を秘めており
ふと川音に引き寄せられます。

やや扁平で角があるのが牛であり
角と角の間には粗い毛が固まっていました。

幾本もの太い背骨が横たわり
たくさんの肋骨や白い骨が
砂地に散らばっているのです。

牛馬を屠殺してきた者たちの
悲惨にして豊潤な幾世紀もの生死を想い
荒野を疾駆するネイティブ・アメリカンが
雄大な角を持つ野牛の群れを追う姿を
夢想していました。

マコモが揺れる川の上流には
我が原郷の《ムラ》があるのです。
仲間とともに養蚕に精を出し
差別の淵源を極めて超えるために歴史を探り
意義ある人生を送らねばと心に秘めているのです。

白い光の幕

日本海に沿う幾つかの村を旅した。
うねりを秘めて凪《な》ぐ海と
クズの葉に覆われた半壊の小屋が
点々と続く。
廃村の静けさと寂寥に包まれ
立ちすくむこともあった。

海岸を見おろす丘の小さな旅館に泊まり
寄せては引く波音とともに眠った。
どこであるのか不明な暗い場所が夢に現れ

子供のかん高く鋭い声と老人の呟きが
同一のリズムを繰り返していた。

浅い眠りだった。
声は総体として奥行きがなく
乾ききった響きのようだ。
やがて静かな鼓動が響きを従え
虚ろな意識を遡っていく。

脚がふと妙な具合にもつれて
たたらを踏んだ瞬間
首筋が締め付けられたように痛み
呼吸が苦しく胸が破れそうにねじれた。
だがすでに眠りの閾《いき》を超えた意識は
歩き続けてきた暗い空間を忘れた。

目覚めると午前二時を過ぎていた。
稲妻が走ると底深い波音とともに
闇に融けこんでいた海面は
蛍光塗料を流したように
毒々しい緑色に浮かび上がる。

暗い空は
無音の稲妻が放つ青白い透明な帯を
その上空に素早くたくしこむように
呑みこんでいく。

二階の出窓に腰を下ろして
眼をさえぎるもののない闇に対していると
潮の匂いと低い波音は

時々はっとするような重い震動を伴って
徐々に濃さを増していった。

浅い眠りのなかで感覚した痛みの記憶が
ひび割れた不毛な声を
反芻しようとする意識を固くさせていた。
痛みは薄黒いシミとなって
骨の周囲に滞っているようだ。

二度三度ときらめく稲妻は
黒い海面を固い線と面とで浮き彫りにし
意識の平衡を崩そうとする。
白い光の幕は奥深い戦慄を秘めて
拉致された人々の過去と現在を
海の彼方から彼方へと輝き渡らせていた。

灰色の壁

強風に背を押され堤防の草道を辿った。
　群生するクズの葉と紫紅色の花房が
　　風に大きくなびく。
四十八歳の死刑囚・永山則夫が
絞首されたのは一九九七年八月一日、
　そして十八日には
　　獄中結婚した元妻により遺言どおり
　　　故郷・網走の海に遺骨が葬送された。

それから三年後の二〇〇〇年八月一日、

私は東京拘置所を見下ろす荒川土手に立ち、
斜面を降りる間合いを測るかのように
味もない煙草をゆっくりと吸った。
幼児の手を引いた女性が
看守の挨拶を受けて職員通用門を出て来た時、
私は堤防の斜面を駆け降りて
高速道路下の横断歩道を目指した。

ツタの這う煉瓦塀沿いの、
人影まばらな直線道路を
視線を落として足早に歩く。
差し入れ店、
喫茶店、
中華料理店、
弁護士事務所と続く粗末な建物群……。

それらの向かい側にある
　面会人待合所入口を通り過ぎた時、
《九十一番九十一番八号室へどうぞ……》と、
　マイクの低いくぐもった声が聞こえ
　　私はその声を胸の奥でなぞる。

クマゼミだろうか、
じーんじーんと底深く啼き交わす声が響く。
　法務省官舎のブロック塀と軒低い民家の
　　暗い生け垣に挟まれた露地を歩く。
突き当たりはコンクリートの護岸堤、
　道が左右に分かれるそこに
　　三本の車輛止めコンクリート柱が、
　　　境界のように立っているのを私は知っている。
左折すれば拘置所の壁、

子犬を連れた赤いスラックスの女の後から左に曲がり、
　ブロック塀の上の侵入防止用鉄条網に
　　絡みついて咲く昼顔を見、
　　　監視塔下の鉄柵に絡まる蔓薔薇の
　　　　紅い花を凝視する。

空を鋭く切る暗灰色の壁と、
　護岸堤の向こう側に
　　列をなしてそそり立つ巨大な鉄骨は
　　　トロイの木馬に似ている。
　　　　空は西に向かって
　　　　　黒い雲、
　　　　　　灰色の雲、
　　　　　　　淡黄色の雲と変化していく。
壁ぎわの赤土を覆う小さな雑草のみずみずしい緑の葉は、

赤ん坊のまつげにも似て軟らかく反り、
　私の硬直した悲愴感を軽く受け流す。
水っぽい空気を裂いて
ベルを鳴らす自転車の母子の表情は
　何のかげりもなく明るい。
　　私は何故ともなくほっとし、
　　　走り去る二人をいつまでも眺める。

暗い雲はいよいよ速く流れる。
　すると煉瓦壁は
　　吐瀉物の泡に似た微細な凹凸を浮き立たせ、
　　　そこに意味ありげな指先を這わせるのが私だ。
排水場によどむアオミドロは
　湿った夕闇を生臭く染めている。
　　植え込みの向こうに続く壁ぎわの歩道には、

腹をゆったりと突き出した妊婦の姿……。
黒に近い緑色の葉群《はむら》に滴る蔓薔薇の紅に
一瞬私は心惹かれ、
激しく悔やみつつ胸底で叫ぶ。
《永山則夫よ、
オホーツクの海で
やすらかに眠れ！》

野薔薇忌

《暗い人》とも《憑かれた人》とも自称して
今は亡きあの人が
青少年期の一時期を過ごして
強烈な原風景となったに違いない
三菱鉱業所・崎戸海底炭鉱——。

その廃坑は
五月下旬の散乱する光と暑熱に覆われて
ただ風と波音だけが聞こえていた。

あの人の故郷・長崎県佐世保市の港から
西彼杵郡大島町の馬込港へとフェリーで渡り
ひび割れて野草が生える崎戸島の
アスファルト道路を歩いた。

クズに覆われた石垣の上に
それだけが黒々と目立つ建物がある。
その窓々に残る汚れたガラスに
空が青黒く反射して
廃墟の生々しさをいっそう感じさせる。

あの人や仲間と共に島を歩いた二十数年の昔……。
〈昭和拾年六月吉日〉
〈奉献　浅浦坑鮮人一同〉と
鳥居の石柱に刻まれていた大山祇《おおやまつみ》神社は

生い茂る夏草やクズの葉に埋もれて見えず
灰色の鳥居の先端だけが
彼方に辛うじて認められた。

海岸沿いに湾曲した坂道を上がると
四階建ての鉱員アパートが並んでいる。
廃墟になって久しいアパート入口は
昔と同じく板で塞がれ
赤字で〈マムシに注意〉と記された板切れが
電線のない電柱にくくり付けられていた。

谷間を埋める暖竹と剣に似た夏草。
そこかしこにはびこるクズの葉と蔓。
風と波に洗われて
むき出しになったボタの黒い崖肌。

静かに押し寄せてくる音や響きの中で
すべてがひっそりと存在している。

往事この辺りに並んだ長屋の屋根瓦だろうか……。
雑草の中に古びた瓦の破片が
無数に散らばっている。
カマキリの産卵だろうか……。
枝葉に泡状に盛り上がった塊が
陽を受けて真っ白に輝く。

あの人が好きだった野バラの花が
清楚にも鮮やかにも咲き乱れている。
芳香を放つ野バラの
株全体にバーボンを注ぎかけると
ウイスキーの香が立ちこめ

空中の熱気を更に煽るようだ。

きょう五月三十日——。
我が師・井上光晴の忌日を
私だけの《野薔薇忌》にしよう。
来年も何年か後にも野バラはここに咲く。
『井上さん、また来ますよ……』
ウイスキーを撒きながら思わず呟くと
深い悲しみと一抹の照れ臭さに
躰が火照った。

VI

長篇詩　帰郷

1

底抜けの土砂降りが　幾日も続いた
山麓の単線ディーゼル電車は　幾つもの小駅に停まる
灰色の漠とした空間をさまよう夢から覚めた時　電車は
また停まっていた

濃くたちこめる霧を透かして　案内板のかすれた文字を
読み取り　此処が目的の無人駅だとわかった

磨り減った木製のステップを降りた直後　合図もなく電
車は発車し　雨上りの霧の奥へ警笛を鳴らして消える

群生するネコジャラシの穂を撫で　ツルクサとノイバラ
の葉をかすめて　私は歩く
不意に雲が切れ　差し交わす枝々の間から強い陽が射す

2

熟れた山桑の実が　甘酸っぱい芳香を放つ
雨に洗われて艶やかな　黒紫色の果実に手を伸ばしただ
けで　舌の奥に酸い唾が湧き　鋭い痛みがきゅっと走る
両手を水平に上げて均衡を取り　線路を踏み外さぬよう
注意して辿ると　陽に焙られた線路の熱が　靴底から足

裏に伝わる

水田から立ち昇る温気と濃い泥の匂いが　線路を一歩進むごとに　むうっとまといつく
真夏の熱気を浴び　線路は山麓に差し掛かる地点で　大きく弧を描いて曲がる
そして　深い木立と竹藪の中へ吸い込まれていく

3

蟬しぐれに包まれて歩いていると　叫び出しそうな気分が見舞う
私はしゃがんで　耳を線路に押し当てる
届いてくる底深い響きは　耳をそばだてると拡散し　間を置いて再び聞くと　今度は生々しいほどの振動が　鼓

膜を打つ

うろうろと走らせた目に　赤茶けた割栗石と枕木の　さ
さくれた木肌が迫る
赤錆にまみれた石ころを握りしめ　ひとつ・ふたつと確
かめながら　線路に並べる
ケヤキの大樹に囲まれた藁屋根の農家が見え　軒廂《のきびさし》の濃
い影の下で　餌をついばむ鶏の目は虚ろだ

陽炎に揺れる水田の彼方を見ると　暗赤色の二両連結の
車体が　暑熱に喘ぎながら　ゆっくりと近づく
立ちすくむ私に　線路を噛む車輪の響きが確実に迫る
置き石を見詰めたまま　亢進する動悸に耐える
遂に警笛が静寂を引き裂き　運転士の強く見開いた怒り

の両目が　私の目に突き刺さってくる
私は感覚の失せた手足を懸命に動かし　線路の小石を払いのける
道床の下に飛び降りた瞬間　油で黒光りする大きな車輪が　轟音とともに目の前を横切り　熱風の渦を残して過ぎる電車——
あの熱風の息苦しさは　濃い錆の匂いのせいだった

4

暑熱の中で　躰は燃えるように熱い
ノイバラの棘の痛みを罰のように受けて　線路下の脇道を歩く

雑木林を抜けると　白々とした河原に出た
山土を溶かした濁流が　小さな鉄橋の橋脚にぶち当たる
重い水音が　私をなだめる

川床から溢れた水は　河原一面に拡がる
濁った水の底で　ヨモギやススキが藻となり揺れる
河原に降り　浅い澄んだ水流で顔を洗う
指紋にしみ込んだ赤錆を　むしり取った青草でこすった

浅い流れを下っていく
丈高くがっしりと組んだ野積みの石垣と　青葉の繁る数
本のサクラの老樹がある

私はためらうことなく　イタドリが生い茂る石垣の斜面
をよじ登り　土手の上の細い野道を急ぐ

5

深い霧が流れていた
生暖かい風が吹くたびに　クズの葉裏が白く波立つよう
に翻り　其処此処に苔むした楕円形の自然石が覗く
半ば腐食した塔婆の束は　今にも倒れそうに揺れる

石垣の上に並ぶ十基ほどの墓石――
その右端に位置する墓が　ごく微かに燐光を発して呼び
掛けている
幾度も転びながらクズの葉を掻き分け　ようやく父親の
墓の前に立つ

霧が　サクラの朽葉と灰緑色の苔に覆われた墓石を撫で

るように　まとわりつく
花活《はないけ》の竹筒を引き抜き　石肌にかさぶた状にはびこるも
のを削ぎ落としていくと　刻まれた文字が現われる
鑿跡《のみあと》をなぞる指先から伝わるのは　優しい感触だ

苔と朽葉と泥を削り取り　河原に降りて大きなフキの葉
に水を汲んで戻る
クズの葉と茎を丸めて　丁寧にこする
墓と河原を数回往復して洗ううち　墓石は次第に元の石
肌を甦らせていく

流れる霧の中に立ち　墓石を眺める
燐光がいつの間にか消え　確かに刻まれていた文字は彫
り跡の影さえもなく　清らかな石肌に青葉が映えている

霧が　深く立ちこめている
私は河原に降り　濁流に洗われている太い倒木を踏んで
対岸の堤防に上がった

6

濁流の響きから遠ざかるにつれ　新たな水流の存在が予
感される
桑畑の中の石ころ道の行く手に　苔むした石造の太鼓橋
が見える
鼓動が早くなり　《源氏橋》と読める欄干に駆け寄った
時には　期待感で額が痺れた
伸び上がって見下ろすと　かなり下方に深そうな青黒い
淵がある

渦の一つひとつが　魚の影に見えてくる
太鼓橋を渡って　堤防の脇に建つ朽ちた消防小屋の裏手
に廻り　雑草に覆われた斜面を静かに降りる
岸辺は　シロツメクサが茂る狭い平地で　恰好の釣場に
なっている
斜面に群生しているノアザミの枯れた花をむしると　銀
色をした繊毛の塊がある
柔らかな平たい腹を　ぴくぴくと震わす乳色の丸っこい
幼虫が　最高の餌だ

7

対岸の　蜘蛛の巣が光るネコヤナギの下の　深くえぐれ

た澱みを狙うと　魚信《あたり》はすぐに来た
せわしない引き具合から想像した通り　ウグイだ
二十センチほどの　よく肥えた奴だ

餌を替え　同じ場所を狙う
澱みと流れの境目で　くるくると輪を描いた直後　浮子《うき》
がちょんちょんと軽く沈む

すっと横に走り　竿先を立てようとしたがもう遅い
途方もなく大きな魚が　深みへ深みへと突き進んでいく
不意に竿先が軽くなり　焦って竿を握り直した時　鈍色
の魚体が躍り上がる

水音が消えた後も　躰いっぱいに響く動悸は　いつまで
も鎮まろうとしない

あいつは針を口に刺したまま深みに隠れ　もう二度とは
食いついてこないと思うと　譬えようもなく口惜しい
小刻みに痙攣《けいれん》する指先に力をこめて新しい針を結び　丸
い幼虫を刺す

8

足場を確かめ　再びネコヤナギの根元めがけて仕掛けを
投げた
私は熱心に浮子を見詰める

数度目に同じ場所を流した時　ようやく浮子が沈む
水底の枯木にでも引っ掛かったような　見るからに不自
然な沈み方だが　竿先を少ししゃくると　予想に反して
強い手応えが届く

対岸の繁みへ潜ろうとする魚の動きに合わせて　竿と糸を操り　素早く水際に移る
青黒い魚影は　頭を激しく振る

岸辺に繁る水草に乗せて引き寄せ　一気に釣り上げる
跳ねる大きな鮒をバケツに入れ　むしり取ったシロツメクサをかぶせておく

濃い霧が川面に触れてゆったりと崩れ　やがて淵全体を包みこむ
ふと　寺へ行きたいという思いが閃き　私はバケツの魚を淵に戻した
山裾を埋める桑のごわごわした葉に　腕をこすられて坂道を下る

9

霧の奥に　薄墨色に浮かぶ本堂の影が見えた
轍《わだち》が深く刻まれた農道を　葉の長い雑草に足を取られな
がら辿った

本堂から玄関に通じる石畳の両側に　鉢植えの牡丹が並
び　大輪の花がぼんぼりとなって　明るく浮かぶ
霧で薄暗い玄関に入ると　上がり框《がまち》に据えた練炭火鉢の
鉄瓶が　たぎっていた

噴き出す真っ白い湯気の奥から　背を曲げたお庫裡《くり》さん
の　悲痛な声が聞こえる

『ああ　遅かったですに！　凜一はもう連れて行かれました　そして……自殺しました　ミツルさんの家へ行った時におかしくなっていたのは確かです　それでも一言教えて下されば　もっと手の打ちようがありましたのになあ　いきなり警察を呼んで……』

『警察ではもうこれはいかん　すぐ精神病院やということで送られてしまいましたの　私どもに連絡があったのは真夜中でしたに……』

『凜一は加減が良くないと一日でも二日でも布団に入ったきり出てきませんやろ　姿が見えんでも探したりはしません　ご飯も食べたり食べなんだりでしたからびっくりしていろいろ尋ねますとな　面会は一週間後でなければ駄目と言われました……』

『その日に行くと　あの子は目が据わってしもうて　別人みたいになっておりました　悪くなる前　あなたにお会いしたいといつも言うておりました　それから二週間後に　病室で首を吊りました　もう出てくることもありませんなあ……』

語り終えたお庫裡さんは　よほど疲れていたらしく　小さな躰を火鉢に寄せ掛け　目を閉じると　たちまち鼾《いびき》を掻き始めた

10

霧に包まれた境内を眺めていた
太い柱の影で　小学二年の凛一が手招きする

私は脱いだ靴を　片方ずつ尻ポケットに押し込み　すり
減った階段を上がる
奥深い薄闇の底に　敷き詰められた畳の果てもなさに足
がすくんだ

本堂を包む闇が　ひときわ濃く生々しい
仏像や蓮華座　さまざまな形の仏具が幽かにまとう　金
泥の輝きのために違いない
香の匂いに咳きこまぬよう息を止め　障子に沿って歩き
本堂の隅に立て掛けられた段梯子を手探る

凜一の懐中電灯が　真っ黒い闇を稲妻形に切り裂く
光の黄色い条をさっと掠める翼の残像が　目の底に食い
こみ　乾いた羽音が流れる
補虫網をくくり付けた長い竹竿を闇に差し延べ　めちゃ

くちゃに掻き回す
鋭い啼き声と　強い震えが手元に伝わる
捕えてはみたものの　懐中電灯の光を浴びたコウモリは
余りにも気味が悪く　補虫網を放り出して　本堂へ逃げ
戻った
満開のサルスベリが　濃い霧にかすむ宙空に薄紅の影を
浮かべ　細かな花弁がはらはらとこぼれていた

11

鐘楼の脇の暗い小道を行く
すると藁塚の陰から　小学五年の凜一が出てきた
『くそっ　ミツルの奴　チンボをこすらせやがった！』
ぺっと唾を吐き　横を向いたまま口惜しそうに告げた

『おーい　早う来んか！』
ミツルさんが呼ぶので仕方なく　私は泥田を走った
『俺がもういい言うまで　やれ……』
ミツルさんは　藁塚に凭《もた》れたまま囁く
前ボタンを外したところから出ている太いチンボを握って　揉むようにこすった

掌の中がだんだん熱くなり　中学二年のミツルさんは顔を歪めて　はあはあと呻く
『もういい　あっち行け！』
ミツルさんが怒鳴ったので手を離し　待っている凜一の方へ走った

『くそっ　ミツルの奴　恥ずかしゅうないのか……！』

凛一は唾を吐き　怒りを持て余すように躰を揺すりなが
ら　何処かへ駆けていった
くねくねと続く土塀と竹藪に挟まれた　水溜りだらけの
路地を辿る
まなざしを暗くした凛一の表情が　泥水に揺れる
私はチンボを握った生々しい感触の甦る掌を　ズボンに
こすりつけた

12

オオバコとドクダミがはびこる庭先で　煙草を吸ってい
るのは　車椅子に乗るミツルさんだ
『うん　覚えとるよ……』
名前を告げると　ひどく老けこんだミツルさんは　一瞬

遠くを見る目付きをしたが　すぐに頷いた

『脳出血でこんな躰になってしもうて　俺はもう百姓ができんようになった　これからどうしたらええのか　何にもわからんのや……』

ミツルさんは　背を震わせて嗚咽する

柿の木に繫がれている和牛の　間延びした気配が　慰撫するように優しく伝わる

手を差し出すと　牛は温かく濡れた柔らかい鼻面を　押し当ててきた

『凛一みたいな気狂いは　死んでもいいのや！』

ミツルさんは激しく言い捨て　もう帰ってくれと無言のまま　片手を胸のあたりで振った

霧が　ひときわ濃く渦を巻いて流れる

牛がモウッ　モウッと切なげに鳴いた
『ああそうやった　そいつを放してやってくれんか　世話するのが難儀で仕方ないんや……』
懇願するミツルさんの悲しげな声が　小さく聞こえた

牛の手綱をほどき　首筋を平手で叩いた
湿った大きな腹をすり寄せてきたので　尻を押してやると　別れを惜しむのか　一声高く鳴いた

13

霧を押し分けて進む牛の　焦茶色の影を追って歩いた
狭い田舎道の片側に延びる土塀が　大きく崩落した箇所

を　牛に従って向こう側へ踏み越える

草だらけの畑地が　其処だけ薄陽を浴びて浮き島のように揺れていた

濃い霧の粒子が　有るか無きかに降り注ぐ光の輻《や》に触れて　白金の煌《きら》めきを帯びる
草いきれと土の温気に混って　腐敗した植物特有の　甘酸っぱい匂いが漂う

ウドン粉病菌の白斑をかぶる病葉の奥に　腐敗したキュウリが　ぶら下がっている
よく見ればその白い病菌は　スイカにもカボチャにも蔓延している

苗床を覆う丈高い雑草を掻き分けると　まだ黄色い花を
咲かせたままの矮小な実や　腐乱し尽くして溶け崩れた
実が　其処にも此処にも転がっていた

雨とも霧ともつかぬ温かい靄《もや》が　棚引くように流れる
サトイモの葉で震える水銀玉そっくりの水を啜《すす》ると　た
わんだ葉からこぼれる水玉が　私の顔を濡らした

何処にいるのか気配もない牛を探して　荒れた畑の奇妙
にほくほくした土を踏む
やがてガマやセリの密生する　底無しの湿地が　ひそや
かに待ち受けていた

牛は暴れも鳴きもせずに沈む
艶やかな茶色の毛並みを　泥水は虫のように這い上がる

腹から胴体　背と胸そして首　頭部がじわじわと引きず
り込まれて　消えていく
宙空には　牛の恐怖と苦痛の余韻がみなぎる
湿地を離れても　躰の隅々に残る怯えは消えず　曲がり
くねった農道を歩く足が頼りなかった

14

清冽な水が豊かに流れる小川に行き合う
川底に繁茂する黄緑色の長い藻がゆったりとなびき　鮒
の黒い影が見え隠れする
私は雑草に覆われた畦道《あぜみち》を　迷わず上流へ向かう
無花果《いちじく》の繁った枝葉が　川面に暗緑の影を落とし　熟れ

すぎた実は赤黒く溶け崩れ　甘酸っぱく匂った
其処に板組みの洗い場が張り出しており　泥がこびりつ
いたままの大根や　黄ばんだ菜っ葉の類が　竹笊の中で
ひからびていた

裏庭の空っぽの牛小屋と蜘蛛の巣の張る農具小屋——
その片隅にかしいでいる乳母車は　車輪のゴムが風化し
金属部分は赤錆にまみれている

蔦《つた》で編んだ車の底には　赤錆に覆われた三丁の草刈り鎌
と　磨り減った砥石　黒く煤けたヤカンと一枚の手拭い
が沈んでいる
埃だらけの手拭いに顔を押し当てると　微かに椿油の匂
いがする

真夏の炎天の川べりや　冬の霜柱の立つ畦道を歩き回った最後に辿り着くのが　母屋から離れた川沿いの　この祖母の小屋だ
風通しがよく　夏でもひんやりとした此処には　古びた懐かしい匂いが染みていた

流れる小川のすぐ上の　硝子障子に凭れたまま　うとうとと眠ってしまうこともあった
醒めると部屋は薄暗く　耳元にひたひたと寄せる川音に感覚を預けていると　何処か遠い場所から戻ってきたような　逆にこれから出掛けていくような　あてどのない頼りなさが湧いた

部屋に染みついた匂いが　限りもなく懐かしく感じられたのは　こういう時だ

白髪を丸く結った頭が　陶製の枕の上でいつまでも動かない……そんな時　祖母は眠りながらこと切れたのだと思い　声を掛けてよいものか悪いものかわからず　恐ろしかった

匂いは或る特殊な畏れと結びついて　心に刻まれた
黄ばんだ新聞紙にくるまれて　幾束も鴨居に吊してあったセンブリとゲンノショウコ
祖母の使っていた椿油
古めかしい信玄袋から大切そうに取り出して　口に押し込んでくれた大きなニッキ飴……
それらの匂いは　川からの湿気に蒸れた土壁や畳の黴臭さの底で　今も生き延びていた

15

蟬しぐれが　耳を打つ
川沿いの小屋の外は　炎のような陽射しが溢れている
不意に子供たちの歓声と　水音が聞こえる

上流に広い川幅の深い淵があり　十数人の陽に焼けた子供たちが水飛沫を上げている
淵に掛け渡した丸木橋の上に散らばるのは　ランニングシャツやズック靴だ

青くうねる水の向こうに　鮮やかな黄色の水着から伸びた　白い脚が揺れている
私は押し寄せる水の重量に逆らい　黄と白の影に近付こうとする

丸木橋に座り　水流に爪先きをなぶらせる少女の髪や腕
から　こぼれる水滴が光る
輝くばかりに白い少女の胸元や太股を　水の中から見上
げていると　私の躰は動きがちぐはぐになり　少女を正
視できない

黄色い水着を着けた年上の少女は　最初羞かしそうにし
ていたがすぐ大胆になり　陽に煌めく色彩を誇るように
笑うと　丸木橋から身を躍らせる
裏も表もわからぬほど焼けた子供たちは　餌に群がる小
魚のように　その後を追う
少女はますます深く潜り　淵の水をかぐわしい匂いのす
る不思議な液体に変えた

靄とも霧ともつかぬ白い流れが　淵を覆う
護岸のコンクリの罅《ひび》割れた箇所から生え出た女竹が　音もなく揺れた
生気なく　無表情に流れる水面に向き合っていると　歓声も色彩もないこの小さな澱みが　掛け替えのないものに思われ　私は川面を撫でるようにして漂ってみた
だが水底に積もった枯葉と　動かぬ鮒は何も告げようとせず　憧れた黄色い色彩の欠片も見えない

16

村外れの野道には　青々と広がる苗床や　泥の匂いの混じる風が吹き渡り　霧を払う
私は畦道に下りて　鉄管からほとばしる井戸水に顔ごと

突っ込み　嚙みつくように飲む

スゲクサの粗い感触を　足裏に確かめながら踏んで行く
水田の中に　水を縁までたたえた丸い池がある
夏空と入道雲を映して　ハガネのように黒光りする水面
には　すべてを誘い込む魔力がある
底知れぬ水面に向き合うと　背筋が冷たく痺れ　池に映
る空に向って自棄のように　一歩を踏み出しそうになる

凄まじい炎暑が空を白っぽく輝かせ　陽炎の中で苗代の
稲が揺らめいた
余りにも静かで身動きさえできず　息苦しさが募る
行き場のない思いが刻々と強まる

風景から押し出され　排除されるように　来た道を引き

返す外ない
一歩一歩が畦道にめりこむほど重く　独りっきりだと腹
の底から感じた

陽が翳り　風景は柔らかな陰影を帯びる
鉄管の錆びた口から吹き出す井戸水を　腹いっぱい飲み
空腹をまぎらせた

苗代に流れこむ水に足を浸けたまま　八幡神社の鬱蒼と
した樹林を眺めていた
境内の薄暗い涼しさを　私の全身の皮膚が求めている

17

陽はいよいよ暗く翳る

山麓から寄せてくる霧は水田を覆い　そのうっすらした
触手が　神社の森にかかるのを見た時　私は行くべき場
所を知った

クスとケヤキ　イチョウやスギなどに守られた　静寂な
ほの暗い空間……その右手奥の社務所の脇にどっしりと
根を張り聳える　ハンノキの古木――

大人が四人掛かりでも抱えきれない　太い幹の根元近く
に開いたうろ（虚）は　村の子供たちが訳もなく神聖視
して　其処に入った者には決して手出しできない不文律
を作り上げていた穴だ

垂れ下る木蔦や　大きな蜘蛛の巣に　霧の微細な粒子が
まとい付いていていた

御手洗《みたらし》の石組み井戸は　暗緑の苔に覆われている
底深い透明感をたたえて湧き上がる水は　溶けた緑色の
鉱物のようだ

かさぶたに似た苔にまみれる一対の狛犬《こまいぬ》
朽ちかけた白木造りの神殿
板戸も床板もない荒れた社務所……
これらを吹き抜ける黴臭い霧を浴びて　私はハンノキの
太い根元に開いたうろの暗がりへ　頭から潜り込んだ

生暖かい闇と木質の柔らかな匂いに包まれて一瞬息を止
め　目が慣れるのを待つ
落葉や藁屑を敷いた穴底に　膝を抱いて坐ると　思わず
溜息がもれる

18

汗まみれのシャツの背を　コルク化した皮層に押しつけ
ていると　不思議な安らぎが全身に充ち渡り　やがて空
腹も疲れも静かに癒されていった

うろの内部は　密やかな音響に彩られ　座っている尻や
背それに鼓膜や皮膚を通して　樹木の鼓動が体内に沁み
こみ　一体化し　やがて眠りへと誘われていく

夢とうつつの織り成す　半透明の膜に包まれたまま　う
ろの細長い裂目から差す光の淡い輪の中に浮き上がる両
足を　眺めていた
足首から甲にこびり付く乾いた泥を　掌でこすると　寂
しさとも腹立ちともつかぬ思いが水のように流れて　眠

気の膜を剝いだ

葉の密生した樹冠の　重く揺れる音が　境内の静寂を一層深めていた

誰からも見捨てられ　薄暗い穴の中で息絶えている姿が目に浮かんだ

私は肉から押し出される罪の刺のように　うろを出た

19

霧が　村全体を覆う

高い槇垣で区切られた竹藪に行き合うと　垣の破れ目から中に入り　道とも言えぬ細い踏跡を辿った

道が尽きる所に　狭い畑と槇垣に囲まれた小屋がある

雨戸代わりのむしろを　すだれのように巻き上げて内部を窺うと　暗い土間がぼうと明るみ　皮を剝いたばかりのラッキョウが　笊に山盛りになっている

蝮《まむし》が棲む裏庭に廻ってみると　母親は屋根の上にいた何をしているのか腹這いになったまま　一心に両手を動かしている
まさか此処から登ったのではあるまいと訝《いぶか》りつつ　ビワの木を伝って屋根に上がると　私は思いのほかの高さに足がすくんだ

こわごわ近づき覗き込むと　母親はどうやら雨漏りの箇所を修繕しているらしく　ずれた瓦をおぼつかない手つきで押していた
『何をしているんだ　危ないじゃないか　替わってやる

から先きに降りな……！』と思わずなじる口調になった
母親は　惚けた頼りない目を上げてうっすらと笑い
『おおきに　どなたか存じませんが助かりますに……』
と呟く
片手で不安定な躰を支えながら　ずれた瓦を直す私の背筋を　ぞっとするものが走る

ふと見ると　母親の小さなもんぺ姿が　ずるずると滑り落ちていた
懸命に差し延べる手を握ろうともせず　しょぼしょぼともの問いたげに瞬く目が　屋根の向こうへ消えた

瓦に条を引いて残る母親の手指の痕を　茫然と見つめるビワのてらてらして作りものめいた大きな葉が　枝を離

れて落ち　足音のように響いた
積乱雲の切れ間から　輝く青空が覗く
暑い陽が差すと　母親の躰を覆う青草の匂いに混じって
ラッキョウと梅ぼしの濃い酸味が　屋根にまで流れた

20

私は足元でがらがらと崩れる瓦を踏んで　端まで行く
山脈を眺めると　霧の奥に見え隠れする谷は　深く抉られた赤土の層と風倒木の重なりを　一瞬陽に晒す
不意に白い幕が手繰られたように揺れ　すると霧が頂きから山腹へ　山腹から麓へ波打ちながら漂いだし　陽差しを翳らせていく

霧は押し寄せる洪水のように　水田を這い　一面に生え
揃った苗を押し包んだ
空にかぶさる幾千幾万もの竹藪の緑は　早くも灰色に沈
み　周囲は全くの無音だ

小屋は　静かに揺れ始めた
風化し尽くした瓦が　砂が流れるように崩れ落ち　土壁
の土も柱も見る間に形を失い　濃霧に溶けていく
母親の小さく硬直した躰にも　柔らかに沁みる霧……

21

青田の中の畦道を行く　ひとりぽっちの葬列
荒れた桑畑の脇の　其処だけ草を刈り取った小さな焼き

場が　清潔な印象を与える
長い木箸で母親の喉仏の骨を摘み　フキの葉に包んだ

鬱蒼とした樹木
クズの葉が繁茂する幾棟もの廃屋
丈高い雑草だらけの田畑
その一点から立ち昇る光の痕跡を　私は確かに見た

早世した父が迎える母親　それに凜一と和牛が　天空の
高みへ昇っていく

草むした廃村が　ひっそりとたたずんでいる
小屋跡に繁る女竹の　冴々とした葉叢《はむら》の中に立ち　私は
山麓の停車場へ向かった

後記

初めての詩集に数葉の写真を掲載してしまった。どれも私の詩よりも遙かに大きな《存在》だ。

渓流釣りに熱中していた頃、ヤマメに挑発されて大いに闘った。負けたのは、残念ながら私だったが。

真夏になると、あざ笑いながらも鼓舞してくれるクズの葉の群れは、まさに両性具有的だ。

ガラス片をちりばめたように輝くオオイヌノフグリの小花は、あくまでも凛然として優しい。

鴉は傲慢にして寂しがり屋の散歩者だ。仲間の死骸には近寄ろうともしない。

運河の深場で真鯉の群れと一尾の緋鯉が交錯した。その瞬間、緋鯉は飛翔して優雅な緋色を際立たせた。

五月に花咲く野バラは、今は亡き師・井上光晴さんそのものだ。岸辺や野道に人知れず繁茂し、芳香をばらまく。蜜蜂を寄せ、沢山の実を結び、野鳥を喜ばせる。

*

もう三十年近い以前、文学伝習所で井上光晴さんに邂逅していなければ、影書房から詩集を出すなど有り得ないことだった。限りない喜びを感じてしまう。

訪れると編集者そのものとなって真剣に遇して下さった吉田康子さん、松浦弘幸さん、松本昌次さん。誠に有り難うございました。

二〇〇四年八月十日

伊藤伸太朗（いとう　しんたろう）
1948年２月、岐阜県・養老山脈の麓に生まれる。
1977年８月、作家井上光晴が長崎県佐世保市に開設した第一期文学伝習所に参加。
1978年８月、第三期伝習所に参加。
1997年６月、水泳中に脳出血で昏倒、死に近づく。リハビリが功を奏し９月退院。
1999年夏より詩を書き始め、現在に至る。
千葉県松戸市在住。

野《の》薔薇《ばら》忌《き》

二〇〇四年九月六日　初版第一刷

著　者　伊藤《いとう》伸太《しんた》朗《ろう》

発行所　株式会社　影書房

発行者　松本　昌次

〒114-0015　東京都北区中里二―三―三
久喜ビル四〇三号

電　話　〇三（五九〇七）六七五五

ＦＡＸ　〇三（五九〇七）六七五六

E-mail : kageshobou@md.neweb.ne.jp

http://www.kageshobo.co.jp/

〒振替　〇〇一七〇―四―八五〇七八

本文・写真印刷＝新栄堂

装本印刷＝広陵

製本＝美行製本

定価　二、〇〇〇円＋税

ISBN4-87714-321-1 C0092